培養孩子一生受用的
IB特質
故事集 ❷

馬翠蘿　麥曉帆　利倚恩　譚麗霞　著

新雅文化事業有限公司
www.sunya.com.hk

從小培養影響終生的特質

　　現今社會變化迅速，作為兩位孩子的媽媽，在子女成長的過程中，我始終強調教養的重要性，不僅僅是在課本的硬知識上，更注重培養他們的軟技巧，讓他們從小學會如何與人相處、如何溝通、如何思考。這些都是影響孩子未來的人際關係、職場發展以及生活品質的重要素質。

　　這套書以十大 IB 學習者的特質為基礎，創作了一系列充滿教育意義的故事。從積極探索、學識豐富、勤於思考、樂於溝通、重視原則、開放思維、具有愛心、勇於嘗試、均衡發展、及時反思等十大學習者的特質中，我們不難發現，這些特質不單單適用於 IB 教育體系，也是成為一位成功人士必備的能力。這套書的故事主題豐富多元化，構圖精美，能夠吸引孩子的注意力，容易讓他們理解其中的道理和思想。

　　透過閱讀這套書，教師及家長與孩子可以共同享受故事的樂趣，這樣不但可以讓孩子感受到成人的關愛，還可以培養他們的閱讀興趣和思考能力；更重要的是，孩子可以從輕鬆閱讀中，學習到以上重要的學習者特質和態度，從小培養出有助於他們應對未來挑戰的軟技巧，為他們的發展打下堅實的基礎，並成為一個更加優秀、有自信的人。

劉怡虹博士
香港教育大學幼兒教育學系
副教授及副系主任

閱讀 IB 故事，締造強健心理質素

作為在 IB 學校工作多年的輔導專業人士，筆者親眼看到從小到大在 IB 系統成長的學生大都有很強的表達能力。他們的表達能力來自多年來對 IB 學習者特質的有效訓練，當中包括：積極探索、學識豐富、勤於思考、樂於溝通、重視原則、開放思維、具有愛心、勇於嘗試、均衡發展以及及時反思。雖然 IB 小學及中學課程中沒有固定的內容，但正因為內容可以廣泛而多元，令到受教的學生可以以別開生面的方式獲得以上的特質。擁有以上的特質，不僅能令孩子懂得更人性化、更主動及更負責任地面對這個世界，在輔導經驗中，我們常常發現具備以上特質的人較能在情緒困局中找到出路，因為他們對活出生命的積極性某程度上預防了他們陷入並停留在負面的思維方式，長遠保障精神健康。

就如筆者所從事的輔導心理學專業一樣，我們重視預防、教育及生涯規劃等防禦介入工作，透過幫助大眾建立健康和強壯的心理，在受助者出現輕微徵狀的時候已經給予支援，連結及增加受助者的內在資源，讓受助者得以加強自我意識、解難能力和溝通能力等，從而減少問題惡化和增加尋找出路的可能性，從根源保障受助者的精神健康。

由此可見，在閱讀這套書的故事時，家長和孩子不僅能更了解 IB 學習者特質，同時也能獲得豐富個人內在的資源，為孩子良好的心理健康打下重要的基礎。願讀者有一個的愉快又充滿得着的閱讀旅程。

鍾艷紅主席

香港心理學會輔導心理學部主席(2022-2024)

從小培育孩子的大能力

與父母年幼時相比，現今世代的孩子面對的壓力越來越大。這些壓力來自測驗考試、升學派位、結交朋友、生活環境轉變、家庭關係、父母期望，甚至是人工智能年代或許帶來加速的學習節奏等等，長期承受多方面的壓力，容易影響精神健康，導致身體健康也出現問題。有的孩子願意向家長吐露心聲，但更多時候，是孩子不懂得表達，也不知道自己感到不適竟與受壓有關。

因此，IB 近年越益受家長歡迎不無道理，它是家長為子女升學以及成長提供的另一個選擇。IB 的英文全寫是「International Baccalaureate」，即「國際文憑」，它是一個具有高度國際認可的課程，針對 3 至 19 歲的學生。除了扎實的課本知識，IB 更着重培養國際視野，促進個人全面發展，致力發展學習者以下 **十大特質：積極探索、學識豐富、勤於思考、樂於溝通、重視原則、開放思維、具有愛心、勇於嘗試、均衡發展、及時反思。**

我們根據這十大特質，邀請了六位兒童文學作家編寫了 56 個故事，製作成一套兩冊的《培養孩子一生受用的 IB 特質故事集》，每冊含有 5 個 IB 特質，而書內都會詳細指出每個特質的含義，以及對孩子成長的助益。對於幼兒，家長可以進行親子共讀，但這套書的目的不局限於提供親子互動和情感連結的機會，或促進幼兒的語言發展、理解力和想像力；而是希望孩子透過閱讀或聆聽這些故事，培養 IB 學習者的十大特質，由小開始全面拓展潛能，讓他們擁有堅定的心、正面的態度，面向未來人生。

祝願每位孩子都能成為獨當一面、愉快幸福的人。

目錄

本圖書含有 **28** 個故事，每個故事均設有兩個 QR code，請用智能手機或平板電腦掃描，分別聆聽粵語口語以及書面語故事。

開放思維篇
Open-minded

在「開放思維」篇的故事中,透過不同角色以理性角度欣賞彼此的成長背景,我們能夠學習對其他人的價值觀和傳統,以至本地及世界各地的文化採取包容及開放的態度。我們還會懂得尋求和評估不同的見解,保持客觀,從經驗中成長。

本篇的 4 個故事，展現了 IB 學習者「開放思維」的特質：

在《春聯變食物的秘密》中，小明寫了春聯貼在門外，但春聯竟不翼而飛，門口卻出現了食物，到底發生了什麼事？

在《月餅神仙》中，神仙由月餅盒走出來，變出各種新奇的月餅，小動物們喜歡這些月餅嗎？

在《坐電車》中，小貓不明白香港電車行走得那麼慢，除了車費便宜外，有什麼保留價值呢？

在《第一架飛機》中，小黑熊看到巨大的飛機很驚訝，爸爸讓他猜猜世上第一架飛機飛了多遠。

小朋友，一起來看看這些角色如何透過包容不同價值觀及想法，以開闊自己的視野。

文：馬翠蘿
圖：ruru lo cheng

粵語講故事　粵語朗讀故事

春聯變食物的秘密

大年三十，又到貼春聯的時候了！

小明寫呀寫，寫了一副春聯，上聯是「年年有餘」，下聯是「歲歲平安」，橫幅是「快樂」，寫完後，説了聲：「不錯哦！」然後就把春聯貼到大門口。

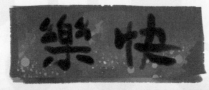

　　小明出門給爺爺送年糕，回來時發現春聯不見了，門口卻多了一盤餡餅。小明很奇怪：「咦，怎麼春聯變成了餡餅？」

　　小明重新寫了一副春聯，貼到大門口。然後又出了門，給外婆送油角去了。沒想到，回來時發現春聯又不見了，門口卻多了一籃方形的糉子。小明更驚訝了：「咦，怎麼春聯變成了糉子？」

小明又寫了一副春聯貼到門口。這次，他沒有進屋，不眨眼的盯着春聯，想看看春聯是怎樣變成食物的。

　　這時候，住在附近的韓國朋友民俊，捧着一大碟韓式米糕來了。看見小明，民俊高興得喊了起來：「小明，你去哪兒了？不是説好了替我們每人寫一副春聯的嗎？我們找了你幾趟了，但你都不在家。安東和阮小文太性急，他們留下送你的賀年食品，把春聯拿走了。餡餅是安東送你的俄羅斯過年食品，糭子是阮小文送你的越南過年食品。」

　　小明恍然大悟，明白了春聯變食物的秘密。

「請你嘗嘗我們過年吃的韓式米糕。」民俊把碟子遞給小明，又說：「你可以現在給我寫春聯嗎？我們韓國傳統的春聯是白紙黑字的，不過我也很喜歡中國傳統的紅色春聯，請你給我寫一副吧！」

小明笑着說：「好的，謝謝你的美味食物，我馬上給你寫。」

文：利倚恩
圖：ruru lo cheng

月餅神仙

　　每年中秋節，兔老師都帶來傳統月餅，給小動物們做茶點。

　　小熊看到月餅盒便說：「又是蛋黃蓮蓉月餅，年年都吃很悶啊！」其他小動物也不想吃傳統月餅。

　　「一年一次，過中秋節當然要吃應節食品啦！」兔老師打開月餅盒，盒裏竟然射出一道黃光，一個長鬍子老伯從那裏走出來。

　　「我是月餅神仙，可以實現跟月餅有關的願望。」

　　小熊興奮地説：「我想吃糖果月餅！」

　　月餅神仙呵呵地笑：「那很簡單，我變！」盒裏的傳統月餅變成橡皮糖月餅、棉花糖月餅和棒棒糖月餅。

　　「嘩！太好啦！」小動物們急不及待拿來吃，糖果月餅又香又甜，好吃極了！

兔老師說：「可是，月餅變成這樣，就失去節日氣氛了。每個地方都有自己的傳統月餅，例如台灣的蛋黃酥，日本的月見糰子，韓國的松餅，當地人都會吃地道的傳統月餅。」

小熊扁起嘴說：「又是傳統月餅，肯定不好吃。」

兔老師說：「沒試過怎知呢？月餅神仙，我們可以試吃嗎？」

月餅神仙呵呵地笑：「我變！」

各地的傳統月餅排滿桌上，全部吃過後，小猴子比較喜歡蛋黃酥，小狐狸就全部都愛吃，小熊也覺得樣樣都好吃，但最好吃的竟然是蛋黃蓮蓉月餅！

　　能夠認識到各地傳統月餅的特色，還能親口品嘗，這個中秋節真特別呢！

文：麥曉帆
圖：Karen

坐電車

今天，小貓媽媽帶小貓去坐電車。香港的電車系統建成至今，一直運作了一百多年呢！電車是雙層的，沿着鋪設在地面上的軌道運行，速度比踏單車快，但又比巴士等交通工具慢，一邊走一邊不時發出「叮叮」的響聲，很有懷舊的感覺呢！

小貓坐在電車的上層，有點奇怪地問媽媽：「電車行走起來這麼慢，走的路線又沒辦法改變，還要和其他交通工具爭奪道路，為什麼還要保留它呢？」

小貓媽媽回答：「因為香港電車很有特色，有保留下來的價值呢！」

小貓還是有點兒不明白，追問道：「電車除了車費便宜，好像沒有什麼特別的優點啊！」

　　小貓媽媽想了想，說：「你記得嗎？爺爺家中有一部用了幾十年的老舊收音機，又大又重，但它很耐用，從來都不會失靈，為什麼要更換呢？電車的確跑得慢，但就是因為這樣，我們才可以悠閒地欣賞窗外的風景啊！」

媽媽說得沒錯呢！小貓坐在車窗邊，享受着外面的涼風，一會兒看見摩登的高樓大廈，一會兒看見古老的歷史建築，為這趟旅程增添不少樂趣呢！

押大昌和

粵語講故事　粵語朗讀故事

文：麥曉帆
圖：Spacey Ho

第一架飛機

　　小黑熊和黑熊爸爸、媽媽一起去旅行。這是小黑熊第一次坐飛機呢！隔着機場巨大的落地玻璃，小黑熊驚訝地望着那些巨大的飛行機器。

　　「這些飛機很高、很大，它們一定能夠飛得很遠很遠！」小黑熊說。

　　「對啊，」黑熊爸爸摸着他的頭，「你知不知道，世界上第一架飛機，飛了多遠呢？」

小黑熊想了想，便開始猜起來：「嗯，如果是世界上第一架飛機的話，肯定不會飛得比現在的飛機遠，我想，它肯定只飛了幾公里的距離。」

黑熊爸爸笑着搖了搖頭。看見自己猜錯了，小黑熊便繼續說：「啊，可能是我估算得太遠了，難道它只飛了幾百米嗎？」

黑熊爸爸舉起拇指，說：「差不多猜對了，世界上第一架由萊特兄弟發明的飛機，只飛了短短的 36 米啊！也就是說，它的飛行距離，比現代的大型客機機身還要短呢！」

看見小黑熊有點失望的表情，黑熊爸爸說：「其實，這個事實給我們的啟發可大了。當我們學習新技能的時候，通常都不會一步登天，但這卻是學習上的重要一步。第一架飛機只飛了幾十米，但因為它踏出了飛行史上的第一步，才會有今天可以飛上幾千公里遠的客機啊！」

　　小黑熊點點頭說：「我明白了！不管結果如何，勇敢嘗試最重要！」

具有愛心篇
Caring

在「具有愛心」篇的故事中，透過具有愛心、關懷他人的角色，我們學習以同理心和同情心善待他人，懂得尊重別人，並嘗試為改善別人的生活和整個世界而努力。

本篇的 6 個故事，展現了 IB 學習者「具有愛心」的特質：

🌸 在《小豬學寫字》中，為了給烏龜爺爺慶祝生日，小豬胖胖努力寫賀卡。

🌸 在《小花貓出走了》中，小貓花花離家出走，小健非常傷心，小貓會否願意回家？

🌸 在《有愛心的小黑牛》中，猴爺爺買了很多桃子，但不夠力氣搬運回家，小黑牛主動要幫忙。

🌸 在《給羊爺爺的聖誕禮物》中，家家戶戶慶祝聖誕節，只有羊爺爺的房子漆黑一片，小兔會為羊爺爺送來什麼驚喜？

🌸 在《妙妙和貓醫生》中，妙妙受傷住進了醫院，很不開心，動物醫生能讓她開心起來嗎？

🌸 在《小跟班》中，小貓咪咪喜歡模仿羊老師幫助大家的行為。

小朋友，一起來看看這些角色如何展現愛心，善待別人，讓世界充滿愛吧！

粵語講故事　粵語朗讀故事

文：馬翠蘿
圖：Monkey

小豬學寫字

　　豬豬國有隻叫胖胖的小豬。

　　胖胖長呀長呀，由嬰兒豬長成兒童豬了，豬媽媽就讓他上學去。

　　上課了，豬老師對學生們說：「這個學期，我教你們學習一到一百的中國數目字寫法。」

　　豬老師在黑板上寫了一橫，說：「這是『一』字。」

　　豬老師又在黑板上寫了兩橫，說：「這是『二』字。」

　　豬老師繼續在黑板上寫了三橫，說：「這是『三』字。」

　　胖胖想：一橫是「一」字，兩橫是「二」字，三橫是「三」字，那麼，四橫就是「四」字，五橫就是「五」字了。噢，那我明白一到一百怎麼寫了。

胖胖放學回到家，見到了爸爸，便說：「爸爸，烏龜爺爺的百歲生日快到了，我們怎麼給他慶祝好呢？」

爸爸拿出一張生日賀卡，說：「我買了一張賀卡，準備寫上『百歲生日快樂』，然後送給烏龜爺爺，你來幫忙嗎？」

胖胖高興地說：「好啊，我會寫『百』字！」

胖胖拿了張小椅子，坐下來在賀卡上寫字，寫了很長時間還沒寫好。爸爸覺得很奇怪，走過來一看，見到胖胖拿着筆在紙上畫橫線，畫了一道又一道，快把賀卡填滿了。

爸爸問：「你在寫什麼？」

胖胖說：「寫『百』字啊，一橫是一字，兩橫是二字，百字要畫一百橫呢！」

爸爸不禁笑了起來，說：「畫一百橫並不等於『百』字，讓爸爸教你吧。」

胖胖跟着爸爸一筆一畫地寫，終於學會寫「百」字了！

胖胖幫爸爸寫好了賀卡，然後說：「爸爸，我跟您一起去給烏龜爺爺賀壽，好不好？」

爸爸笑着說：「好，烏龜爺爺一定會很開心的。」

文：利倚恩
圖：Monkey

小花貓出走了

花花是一隻可愛的小花貓，住在人類的家裏。爸爸媽媽對花花很好，又為牠梳毛，又幫牠按摩。可是，兒子小健卻常常欺負花花，例如捉住花花的手腳跳舞，或者用力抱緊牠，把牠弄痛。

雖然小健的行為有時令花花很不舒服，但牠知道小健不是惡意的，所以沒有伸出利爪還擊。而且，花花最怕小健哭，他的哭聲比雷聲還響亮，花花才不要自找麻煩。

今天，花花正想睡覺時，小健又再捉住牠跳舞。花花受不了，生氣地大聲喊：「你太過分啦，我要離家出走！」

「叮噹！」門鈴響起，媽媽開門，花花乘機跑出去。

在街上玩了三天，花花想念爸爸媽媽，牠偷偷走到露台，看到小健哭得很淒涼：「嗚嗚……我要花花……嗚嗚……」

媽媽安慰他說：「你別着急，花花可能還在生氣，所以才沒回來。小健，你可以和牠一起玩，但不能強迫牠做不喜歡的事情啊！」

小健說：「我以後不會欺負花花，你叫花花回來好嗎？嗚嗚……」

雖然小健很頑皮，但是花花並不討厭他。花花心想：「我是一隻大方的小花貓，我就原諒你啦。」

花花「喵」的叫了一聲，走入客廳裏。

「花花！」小健高興得衝上去，然後……他輕輕撫摸花花的背，花花覺得很舒服，很開心呢！

文：馬翠蘿
圖：ruru lo cheng

有愛心的小黑牛

　　快過年了，猴爺爺買了很多桃子，準備拜年時送給親朋好友。可是，猴爺爺年紀大，力氣不夠，沒辦法把桃子送回家。

　　猴爺爺看見小紅馬在一邊玩跳欄，便說：「小紅馬，幫我把桃子送回家好嗎？」

　　小紅馬玩得正開心，說：「不行，我要練習跳欄呢！」

猴爺爺看見小鸚鵡站在樹上唱歌，便說：「小鸚鵡，麻煩你通知我家人來接我，可以嗎？」

小鸚鵡唱得正開心，說：「不行，我在練習唱歌呢！」

這時小黑牛拉着一輛木頭車路過，木頭車上裝了很多年貨，那是他替牛牛村裏的牛婆婆牛伯伯買的。小黑牛見到發愁的猴爺爺，便說：「猴爺爺，我幫您把桃子運回家吧！」

猴爺爺高興地說：「謝謝你，小黑牛！早就知道你們牛家族又勤勞又能幹，原來還很有愛心呢！」

木頭車上多了桃子和猴爺爺，小黑牛拉了一會兒就累得滿頭大汗。

小紅馬見了，走過來說：「小黑牛，我幫你一起拉車吧！」

小鸚鵡見了，飛過來說：「小黑牛，我替你帶路吧！」

小黑牛點點頭說：「好的，謝謝！」

有了小紅馬和小鸚鵡幫忙，小黑牛輕鬆多了。三個小伙伴把猴爺爺送回家，然後又一起把年貨送到牛婆婆牛伯伯家裏。

　　大家都對三個小伙伴說謝謝。小紅馬和小鸚鵡不好意思地說：「真要說謝謝的話，就謝謝小黑牛吧，我們也是向他學習的。」

文：馬翠蘿
圖：Monkey

給羊爺爺的聖誕禮物

　　小兔乖乖最喜歡過聖誕節了，因為聖誕節是一個快樂的日子，能收到禮物，還能吃豐盛的聖誕大餐。

　　看，今年他又收到爸爸媽媽的禮物了，爸爸送的是一塊滑雪板，媽媽送的是一盒愛心巧克力。

　　乖乖也有送禮物哦！他用自己的零用錢，給爸爸買了一雙溫暖的手套，給媽媽買了一條好看的圍巾。

吃完聖誕大餐，乖乖趴在窗口往外看。遠遠近近坐落着許多小房子，每座房子都傳出快樂的笑聲，門口都懸掛着閃亮的彩燈，給人一種溫暖的感覺。

乖乖突然發現，不遠處有一座房子黑咕隆咚的，沒有快樂的聲音，也沒有溫暖的燈光。

乖乖説：「爸爸，那房子住的是誰呀？」

爸爸説：「那是新搬來的羊爺爺。羊爺爺沒有孩子，家裏只有他自己一個。」

「啊！家裏只有羊爺爺一個？沒有人跟他玩，沒有人送他聖誕禮物，羊爺爺一定很難過。」乖乖想了想，説：「爸爸，我想給羊爺爺做一個小雪人，還想給羊爺爺送一份聖誕禮物。」

「好啊，我們明天給他一個驚喜吧！」爸爸笑着點點頭。

第二天一大早，羊爺爺起牀了。他發現大門外掛着一隻襪子，裏面放了一盒漂亮的愛心巧克力；他還發現雪地上有個可愛的小雪人，手裏拿着一張紙條，上面寫着：「羊爺爺，聖誕快樂！」

「呵呵呵……」羊爺爺高興地笑了。

聽到了羊爺爺的笑聲，躲在一旁的乖乖和爸爸也笑了。乖乖輕聲說：「祝大家聖誕快樂！」

羊爺爺，
聖誕快樂！

文：馬翠蘿
圖：Monkey

妙妙和貓醫生

妙妙和小朋友玩捉迷藏時，不小心跌了一跤，腿受傷了，住進了醫院。

雖然有醫生叔叔和護士姐姐細心照顧，但妙妙還是很不開心。她想回家，她想念爸爸媽媽，想念學校的小伙伴。

　　病房裏還有另外三個小朋友，他們也和妙妙一樣，想家，想爸爸媽媽，有個小朋友還常常哭呢！

　　這天，妙妙正躺在病牀上發呆，忽然見到護士姐姐滿臉笑容地走了進來，對病房裏的孩子說：「小朋友，動物醫生來看你們了。」

只見護士姐姐後面跟
着幾個大哥哥大姐姐，他
們有的抱着小狗，有的抱
着小貓，有的抱着小白
兔……哇，好有愛心的
哥哥姐姐，好可愛的動
物醫生！病房裏的小
朋友都高興得拍起手
來。

一個姐姐把小貓放到妙妙
懷裏，妙妙有點害怕，姐姐
安慰她說：「動物醫生都是
經過訓練的，很溫順，不
會咬人的，你可以放心
跟牠玩。」

妙妙摸摸小貓的毛，小貓的毛很溫暖，妙妙的心也跟着溫暖起來。小貓睜着圓溜溜的眼睛看着妙妙，「喵喵」地叫了兩聲，妙妙覺得，小貓是在喊她的名字呢！

有動物醫生陪伴，妙妙心裏的不快樂全消失了。

喵喵～

粵語講故事　粵語朗讀故事

文：利倚恩
圖：Spacey Ho

小跟班

　　小貓咪咪是羊老師的小跟班，喜歡跟着羊老師到處去，還常常模仿她。

　　課室亂糟糟的，牛姨姨忙着收拾玩具。

　　羊老師走過去說：「我來幫你吧！」
　　咪咪也跟着說：「我來幫你吧！」

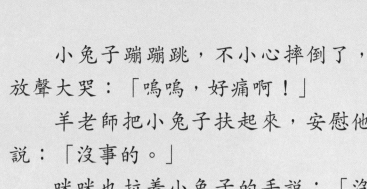

　　小兔子蹦蹦跳，不小心摔倒了，
放聲大哭：「嗚嗚，好痛啊！」
　　羊老師把小兔子扶起來，安慰他
說：「沒事的。」
　　咪咪也拉着小兔子的手說：「沒
事的。」

有一天，咪咪經過斜坡下面，突然有幾個蘋果從斜坡滾下來。

「哎呀！我的蘋果呀！」羊婆婆在斜坡上面大叫。

咪咪趕快拾起地上的蘋果，跑到斜坡上交給羊婆婆。

看到羊婆婆拿着兩個大袋子，咪咪心想：如果羊老師在這裏，她會怎樣做呢？

咪咪想一想，說：「羊婆婆，我送你回家啦！」

羊婆婆笑着說：「小貓咪，謝謝你！」

咪咪幫羊婆婆拿着一個大袋子，一起走路回家。

咪咪按一下門鈴。「叮噹！」

門「喀嚓」一聲打開，開門的竟然是羊老師！

咪咪大吃一驚：「羊老師怎會在屋裏？」

羊老師也很驚訝：「你為什麼和媽媽在一起？」

啊！原來羊婆婆就是羊老師的媽媽，真的太巧合了！

羊婆婆呵呵笑：「剛才很驚險，我們進去慢慢説吧！」

於是，大家在屋裏一邊吃茶點，一邊聊天，度過了一個愉快的下午。

勇於嘗試篇
Risk-takers

在「勇於嘗試」篇的故事中，透過不同具有勇氣的角色，我們能夠學習思考和懂得應對變化不定的事物，還可以獨立地或通過合作，探索新的思想觀點和解難方法，以面對挑戰和變化。

本篇的 7 個故事，展現了 IB 學習者「勇於嘗試」的特質：

在《小兔吱吱的新嘗試》中，媽媽帶吱吱乘電車，適應在港島的新生活。

在《上學的第一天》中，小兔白白大哭大叫，不想離開媽媽上學，他最後如何鼓起勇氣呢？

在《餵小羊》中，小雪來到農場見到真實的小羊，她感到非常害怕，爸爸媽媽一起鼓勵她不用怕。

在《勇敢的丁丁》中，小老虎丁丁長得毫不威風，他在學校的運動會上表現也是平平無奇嗎？

在《熊貓圓圓》中，圓圓五個月大了，媽媽想教他吃竹子、游泳和寫字，他願意學習嗎？

在《天上的指北針》中，小貓迷路了，救援隊伍的大雁先生前來拯救他。

在《飲茶負責人》中，小東學着爸爸媽媽平日的做法，招呼大家在酒樓吃點心和喝茶。

小朋友，一起來看看這些角色如何不畏困難，勇於接受挑戰或新事物，培養堅毅的心志吧！

文：麥曉帆
圖：HoiLam

小兔吱吱的新嘗試

　　小兔吱吱剛搬家來到香港島，感到很不適應，爸爸媽媽便帶她坐電車，讓她接觸新鮮事物！

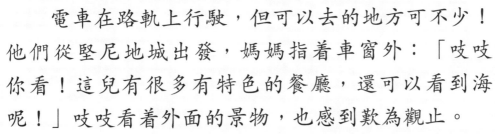

電車在路軌上行駛，但可以去的地方可不少！他們從堅尼地城出發，媽媽指着車窗外：「吱吱你看！這兒有很多有特色的餐廳，還可以看到海呢！」吱吱看着外面的景物，也感到歎為觀止。

接下來他們到達中環，這裏高樓大廈林立，還有終審法院大樓、皇后像廣場等歷史建築。「嘩！很壯觀呢！」吱吱把頭抬得高高的，感歎道。

然後他們來到灣仔和銅鑼灣，這兒到處都是娛樂購物商場，還有香港中央圖書館和維多利亞公園。吱吱說：「這兒人來人往，真熱鬧！」

他們再來到歷史特色濃厚的北角，這兒有密集的住宅區，也有傳統市集。其中一條叫春秧街的街道，店舖及露天攤販更緊挨着電車路軌，吱吱在電車上，很擔心電車撞到它們呢！

最後一站是筲箕灣，這兒曾是漁港和工業區，現在則保留了很多特色廟宇。

吱吱看見旅程就這樣完結，不禁覺得很可惜，說：「我們再坐一遍電車吧，但這次我想每站都下車去逛逛，好好見識香港島！」

爸爸媽媽對吱吱勇於踏出第一步，願意接觸新事物，感到十分安慰！

文：馬翠蘿
圖：Mayo

上學的第一天

　　今天是幼稚園開學的第一天，也是小兔白白上幼稚園的第一天。白白從來沒有離開過兔媽媽，他在幼稚園門口抓住兔媽媽的手，哭着喊着，不肯跟猴老師進校園。

這時，貓媽媽帶着貓咪小黑來了。小黑看到白白哭，便走過去說：「我是小黑，我也是來上幼稚園的。從今天起，我們就是同學了，我們一起進去，一起玩好嗎？」

白白見到是跟自己差不多大的小伙伴，想了想，「嗯」了一聲。

「媽媽再見！阿姨再見！」白白和小黑跟兔媽媽和貓媽媽揮揮手，手拉手跟着猴老師走進了幼稚園。

一路上，白白和小黑看到了很好玩的滑梯和蹺蹺板，還有小鞦韆，興奮得眼睛亮亮的，小臉笑開了花。

猴老師把白白和小黑帶到了課室，讓笑瞇瞇的豬姐姐照顧他們。豬姐姐說：「你們可以看圖畫書，或者玩玩具。等小朋友到齊了，老師再給你們上課，教你們畫畫、跳舞、唱兒歌。」

圖畫書真好看，玩具很有趣，白白和小黑玩了一會兒小火車，又看了一會兒圖畫書，很快同學們陸陸續續到齊了。猴老師拍拍手：「小朋友，上課了，大家坐好！」

　　白白這時已經沒有一丁點害怕了，他和小黑，還有其他同學乖乖地坐好，亮晶晶的眼睛看着老師。上學真有趣，白白心裏對未來的幼稚園生活充滿了期待。

文：馬翠蘿
圖：Spacey Ho

餵小羊

　　放暑假了，爸爸媽媽帶小雪去農場參觀。

　　爸爸告訴小雪，農場裏有很多可愛的小羊，小朋友可以拿草餵牠們。小雪聽了可高興了，因為她只看過圖畫書上和電視上的小羊。她知道小羊是白色的，像一團會跑的棉花。她還知道小羊會叫，叫聲是「咩咩咩」的，很有趣。

爸爸媽媽帶着小雪坐巴士，很快到了農場。經過綠茵茵的草地，經過彎彎的小路，到了小羊住的地方。

哇，好多羊啊！白白的，胖胖的。媽媽給了小雪一把草，牽着小雪走近了羊圈。小羊看見小雪拿着牠們喜歡吃的草，急忙跑了過來。小雪第一次見到真的羊，不由得害怕起來。牠們會欺負小朋友嗎？牠們會咬自己嗎？想着想着，小雪害怕得把草一扔，轉身緊緊地抱着媽媽。

媽媽說：「小雪，小羊對小朋友很友善的，不會咬小朋友。你看，牠們都在看你，都希望你把草給牠們吃呢！」

小雪扭頭一看，見到小羊們都睜着圓溜溜的眼睛看着自己呢！牠們一邊還咩咩地叫着，好像在說，快把草給我們呀！

爸爸鼓勵說：「小雪勇敢點，沒事的，小羊想和你交朋友呢！」

小雪撿起了地上的草，鼓起勇氣走近了羊圈，把草伸到小羊面前。小羊咔嚓咔嚓地吃着草，不時朝小雪咩咩叫兩聲。媽媽說，牠們在跟小雪說「謝謝」呢！

小雪不再害怕了，餵小羊真的很好玩啊！

文：利倚恩
圖：ruru lo cheng

勇敢的丁丁

　　小老虎丁丁的父母又強壯又威風，可是丁丁剛好相反，瘦小可愛，說話溫柔，經常被誤會是身上有虎紋的貓咪。

今天，學校舉行運動會，小動物們都是第一次參加，家長們也來觀賽。

第一個項目是跨欄，小羊和小豬望着跑道上許許多多的欄架，同聲說：「我一定跨不過的。」

丁丁跟他們說：「沒試過怎麼知道做不到？」

於是，小羊和小豬鼓起勇氣，跟着丁丁跨過一個個欄架。原來，並沒有想像中困難呢！

第二個項目是爬梯子取皮球，小羊和小豬望着高高的梯子，同聲説：「我一定爬不上的。」

　　丁丁跟他們説：「沒試過怎麼知道做不到？」

　　於是，小羊和小豬鼓起勇氣，跟着丁丁一步步向上爬。原來，並沒有想像中困難呢！

　　第三個項目是走平衡木，小羊和小豬望着又窄又長的平衡木，同聲説：「我一定走不過的。」

　　丁丁還是説：「沒試過怎麼知道做不到？」

丁丁首先走過平衡木。輪到小羊了，他雙腳發抖，身體搖搖晃晃，快要摔下來啦！

丁丁趕緊扶着小羊，拉着他的手慢慢走。小羊不害怕了，終於成功走過平衡木。

羊媽媽笑着說：「小貓同學，謝謝你！」

小羊說：「媽媽，他是小老虎丁丁呢！雖然丁丁外表並不強壯，可是他敢於接受挑戰，還會鼓勵同學，真是勇敢又善良的老虎啊！」

丁丁不好意思地說：「小羊，你太客氣了。」

粵語講故事　　粵語朗讀故事

文：馬翠蘿
圖：Alice Ma

熊貓圓圓

　　熊貓圓圓五個月大了，他身體毛茸茸、圓滾滾的，十分可愛。他的眼睛亮亮的，眼睛周圍有一圈黑色的絨毛，非常有趣。

媽媽說：「圓圓是大孩子了，媽媽教你吃竹子。」

圓圓說：「我不想學，我要媽媽餵！」

媽媽說：「圓圓是大孩子了，媽媽教你游泳。」

圓圓說：「我不想學游泳，游泳很累的！」

媽媽說：「媽媽教你認字吧，學會了可以自己看故事書。」

圓圓說：「我不想學認字，有媽媽給我講故事就行。」

一天，媽媽去探望親戚，請隔壁的熊貓小姐姐過來陪圓圓玩。到了吃飯的時候，小姐姐「卡嚓卡嚓」地吃竹子，吃得津津有味。圓圓不會自己吃竹子，不但吃不飽，竹子的枝葉還把他的嘴巴弄痛了。

小姐姐帶圓圓去划船。船兒晃悠悠的真好玩，圓圓一不小心掉進水裏了，幸好小姐姐會游泳，把他救了上來。

小姐姐帶來了很多故事書，她識字，看得津津有味。但圓圓連個「一」字都不懂，只好乾着急。

媽媽回來後，圓圓拉着媽媽的手，說：「媽媽，我想學吃竹子，我想學游泳，我想學認字。」

媽媽笑着說：「好啊！」

圓圓很快學會了媽媽教的本領。後來，他還跟小姐姐一起，學會了爬樹。圓圓成了很厲害的熊貓寶寶。

文：麥曉帆
圖：李亞娜

天上的指北針

　　小貓喜歡去遠足，但這天晚上，他卻因為大意而迷了路，又因為忘了帶指南針，所以一時之間不知道應該向哪邊走。

　　幸好，他帶上了充滿電的手提電話，也剛好身處於訊號充足的地方。

　　小貓打電話求助後不久，救援隊伍的大雁先生便飛到了他的所在地。

「放心吧，」大雁先生拍了拍胸口，「我熟知這片森林，可以很快把你帶到安全的地方。你下次遠足時，一定要準備充足，別忘了帶指南針啊。不過，其實不用指南針，你也可以知道北方在哪兒呢！」

　　小貓撓了撓頭，不解地問：「啊！真的嗎？要怎麼做啊？」

大雁先生用翅膀指了指天空，說：「就是用星星為你導航啊！每年春天，我都會從南方飛回北方，靠的就是天上星星的指示呢！由於地球的自轉軸是固定的，所以地球的北極會一直指向太空中的同一個位置，而這個位置上的星星，就叫做北極星，只要你能找到它，就知道北方的位置了。你試試找找看！」

小熊座

北極星

北斗七星

　　「咦？真的呢！我找到了！」小貓往大雁先生所指的方向看，果然找到一顆固定在天空中不動的星星，「我下次一定會帶上指南針的，但是知道天上有一顆北極星永遠在守護着我，我也很高興呢！」

粵語講故事　　粵語朗讀故事

文：麥曉帆
圖：Wong Ho Yee

飲茶負責人

星期六的早上，很多位叔叔阿姨來小東家作客。

午飯時間快到了，爸爸媽媽準備請叔叔阿姨們去酒樓飲茶，媽媽和小東先去酒樓等位子。

到了酒樓門口，媽媽說：「小東，今天飲茶由你做負責人，好不好？我們以前怎麼做，你照着做就行了。」

小東高興地說：「好啊！」

小東立刻「蹬蹬蹬」地走進了酒樓，朝着櫃台走去：「姐姐，我要一張十個人的桌子。」

　　「好的，小朋友。」負責派籌的姐姐笑眯眯地給了他一張寫着號碼的紙條。

　　小東高興地拿着紙條走向媽媽，媽媽朝他豎了豎大拇指，然後讓他坐在自己身邊，一起等候叫號。

等了十幾分鐘，終於輪到小東的號碼了，服務員姐姐帶着小東和媽媽，穿過一張又一張充滿歡笑聲的桌子，找到了留給他們的桌子。坐下後，小東又撥了家裏的電話，通知爸爸有位子了，可以帶叔叔阿姨們來酒樓。

　　這時一名服務員走過來，一邊擺放餐具一邊問：「小朋友，請問要喝什麼茶呢？」

　　小東要了媽媽最喜歡的「香片」茶，還要了一壺白開水。

很快，爸爸便帶着叔叔阿姨們來了，小東立即把點心紙遞給他們，讓他們選擇喜歡吃的點心。

　　點心送來了，小東又招呼大家：「叔叔阿姨們請品嘗，爸爸媽媽請品嘗。」

　　叔叔阿姨們都稱讚小東又能幹又有禮貌，真不愧是「飲茶負責人」呢！

均衡發展篇
Balanced

在「均衡發展」篇的故事中，透過角色的經歷，我們能夠明白智力、身體和情感都要均衡發展，才能使自己和別人健康快樂，也認識到自己與他人及世界相互依存的關係。

本篇的 4 個故事，展現了 IB 學習者「均衡發展」的特質：

🌸 在《最感人的歌聲》中，小金絲雀為了在聖誕晚會有完美的演出，勤練歌唱技巧，她的演出會成功嗎？

🌸 在《參加運動會》中，地球村要舉辦運動會了，一眾動物踴躍參與，他們會報名參加什麼比賽呢？

🌸 在《不睡覺糖果》中，小熊向月亮許願不用睡覺，結果天空真的掉下了讓他精力充沛的糖果，但是長期不睡覺對身體有益嗎？

🌸 在《特別的夢》中，小狗亮亮很懶惰，只喜歡睡覺，在夢中他可以玩樂、吃薄餅，非常愉快，他會否永遠沉睡在夢中呢？

小朋友，一起來看看這些角色如何明白全面發展的重要性，注重身心均衡發展吧！

文：利倚恩
圖：HoiLam

最感人的歌聲

　　聖誕節快到了，小鳥們都很期待在聖誕晚會表演。

　　小金絲雀的歌聲又清脆又響亮，當然要上台表演唱歌，讓大家欣賞她美妙的歌聲。她為了唱出最好聽的歌，在家中從早到晚不停練習。

小鸚鵡來找小金絲雀，她說：「我們玩捉迷藏吧。」

小金絲雀說：「我要練歌，沒時間陪你玩。」

小鸚鵡只好找其他小鳥玩捉迷藏。

小白鴿來找小金絲雀，他說：「我們圍着森林飛十個圈吧。」

小金絲雀說：「我要練歌，沒時間陪你做運動。」

小白鴿只好找其他小鳥圍着森林飛翔。

　　到了聖誕晚會，小鸚鵡表演講故事，小白鴿表演跳舞，輪到小金絲雀，她張開嘴巴，沒想到……

　　小金絲雀只能發出沙啞的聲音，並且突然全身無力，在台上跌倒了。

　　不好了！小金絲雀沒有休息，聲帶過度疲勞；她沒有做運動，身體十分虛弱。小金絲雀失去美妙的歌聲，難過得大哭起來。

這時候，貓頭鷹姐姐叫所有小鳥集合到台上，手牽手陪小金絲雀唱歌。

「吱吱吱……」

「咕咕咕……」

「啞啞啞……」

大家沒有取笑小金絲雀聲音沙啞，還陪伴她、支持她。小金絲雀非常感動，重新展露笑容。她終於明白了，適當休息和鍛煉身體，跟練歌同樣重要呢！

文：馬翠蘿
圖：Mayo

參加運動會

　　地球村要舉辦運動會了，大家都很興奮，誰都想捧獎杯、奪冠軍呀！

　　一班小動物跑去報名，負責登記的羊叔叔問他們要參加什麼項目。

小青蛙說：「我天天在荷葉上練習跳水，對這項運動再熟悉不過，當然是報名參加跳水了。」

小兔擺擺自己的長耳朵，說：「我要參加跑步。上次跟烏龜比賽，因為只顧睡覺輸給他了。這次我再也不會犯這樣的錯誤，我一定吸取教訓，爭取拿冠軍！」

這時候，傳來一把細小的聲音：「我想報名參加舉重比賽。」

咦，是誰在說話呀？小動物們左看右看，好不容易才發現了站在草地上的小螞蟻。

「啊！你參加舉重比賽？」小動物們瞪大眼睛看着小螞蟻，還以為自己聽錯了呢！

羊叔叔說：「你們不知道嗎？螞蟻可以舉起比自己體重重五十倍的東西，比大象還要厲害。」

「大家好！」這時，小朋友康康來了。

小動物們跟康康打招呼：「康康早上好！」

小兔問：「康康，你擅長哪一項運動？」

小袋鼠搶着說：「你不知道嗎？康康在校運會上拿過乒乓球單打冠軍和跳遠亞軍呢！」

小象說：「康康擅長不同的運動項目，好厲害啊！你是怎樣做到的？」

康康笑着說：「只要有決心，你們也可以做到的。體育運動豐富多彩，我們多學習幾項，均衡發展，才能有健康的身體。」

小動物們決定向康康學習，除了加緊鍛煉自己擅長的運動外，也嘗試學習其他的運動。

粵語講故事　粵語朗讀故事

文：利倚恩
圖：ruru lo cheng

不睡覺糖果

月亮出來了，「呵——」小熊抱着玩具火車，打了個呵欠，眼睛快要張不開了。

小熊心想，為什麼晚上要睡覺？如果不會疲倦，不會睏，就可以繼續玩玩具啦！

於是，小熊走到窗前，向月亮許願：「我希望晚上不用睡覺。」

不睡覺糖果

突然，一顆流星劃過天空，掉到小熊的窗前，變成一顆糖果。糖果包裝紙上寫着「不睡覺糖果」。

小熊高興地叫：「哇哈！太好了！」吃了糖果後，小熊變得精力充沛，不會疲倦，不會想睡覺。他一直玩到天亮，真開心啊！

第二天晚上，小熊再次向月亮許願，天空再次掉下一顆「不睡覺糖果」，小熊再次玩到天亮。

就是這樣，小熊連續五天不睡覺，黑眼圈越來越深，好像一隻熊貓。

上課時，熊老師教同學們寫字，可是小熊無法集中精神，怎樣也寫不好。吃午餐了，有小熊最喜歡吃的蜜糖鬆餅，可是他沒有胃口，一口也吃不下。

熊老師看到小熊疲倦的樣子，勸他說：「身體需要休息，晚上有充足睡眠，白天才會有精神和胃口啊！」

當天晚上，小熊沒有向月亮許願，一覺睡到天亮。這樣過了一段時間，他的身體漸漸好轉，黑眼圈消失了，字寫得好看了，蜜糖鬆餅變得好吃了。

小熊終於明白了，晚上睡得好，白天過得更開心呢！

文：利倚恩
圖：藍曉

特別的夢

　　小狗亮亮十分懶惰，懶得吃東西、懶得做運動，只喜歡睡覺。

　　亮亮睡着了，在夢裏吃薄餅大餐。他不停地吃啊吃啊，小猴子突然拿走薄餅，說：「你吃得太多了。」

　　亮亮張開眼睛，躺在牀上，回味着夢中的薄餅。

　　亮亮心想：如果繼續睡覺，不知道會夢見什麼呢？

　　於是，亮亮馬上合上眼睛睡覺，再次進入夢中。

　　亮亮和小猴子在游泳池打水球，嘻嘻哈哈地大笑，
突然聽到「吱吱……吱吱……」。

　　亮亮張開眼睛，小麻雀站在窗前説：「我們一起吃
午餐吧！」

　　亮亮不高興地説：「我很忙啊！」

　　他關上窗，繼續睡覺。

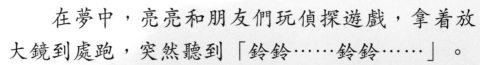

在夢中，亮亮和朋友們玩偵探遊戲，拿着放大鏡到處跑，突然聽到「鈴鈴……鈴鈴……」。

亮亮張開眼睛，拿起電話，小貓說：「我們一起踢足球吧！」

亮亮不高興地說：「我很忙啊！」

他拔掉電話線，繼續睡覺。

　　亮亮睡了一整天，做了很多又好吃又好玩的夢，突然聽到「咕咕……咕咕……」。

　　亮亮張開眼睛，肚子餓得咕咕叫，全身軟趴趴。

　　這時，門鈴響了，亮亮一開門，便見到小猴子、小麻雀和小貓，他們大聲說：「亮亮，生日快樂！」還送上薄餅、蛋糕和水果！

　　「謝謝你們！」亮亮忘了，原來今天是自己的生日！

　　亮亮和朋友們吃大餐、玩遊戲，才漸漸恢復體力。原來睡得太多，對身體不好啊！

及時反思篇
Reflective

在「及時反思」篇的故事中，透過角色的反思行為，我們能夠學習通過回憶與思考自己的行為和說話，發現自己的長處和不足，並留心注意日後的行為，加以改善，有助個人成長。

本篇的 7 個故事，展現了 IB 學習者「及時反思」的特質：

🌸 在《小颱風闖禍了》中，小颱風突然改變行走路線，給居民帶來大麻煩，怎麼辦？

🌸 在《看這兒，看那兒》中，美美與大眼睛相處得越來越不好，美美會怎樣做？

🌸 在《大英雄電電》中，只要傑傑需要用電，電電便會幫忙，但傑傑做了什麼令電電過度消耗？

🌸 在《中西美食做朋友》中，餐廳裏的中西式美食吵起來，爭論哪一方的食物更厲害。

🌸 在《夏天為什麼這麼熱？》中，這年夏天特別熱，但為什麼小雪決定關上冷氣機，改用風扇？

🌸 在《豬弟弟的疑惑》中，豬弟弟不明白為什麼猴阿姨借鹽給姐姐，卻不肯借給他，到底發生什麼事？

🌸 在《我們不是垃圾》中，甜甜隨手把包裝聖誕禮物的緞帶、包裝紙丟進塑膠袋裏，這樣做對嗎？

小朋友，一起來看看這些角色如何透過反思自己的所言所行，成為更好的人吧！

粵語講故事　粵語朗讀故事

文：利倚恩
圖：Monkey

小颱風闖禍了

　　今天是颱風表哥的生日，颱風媽媽帶小颱風去東面，參加表哥的生日會。

　　颱風母子快要來到，住在小島東面的居民很緊張，一早做好防風措施，人人都留在家裏。

100

「呼呼……」小颱風跟着媽媽走在海上，向東面出發。他第一次去遠處遊玩，對四周都很好奇，不停地左看右看。

這時，一隻老鷹在小颱風頭頂飛過。老鷹的翅膀又大又長，飛得又高又快，小颱風想和老鷹玩耍，於是跟着牠走去小島西面。

天氣預報說颱風只會吹向東面,小島西面的居民沒有做防風措施,照常在戶外活動。

誰也沒料到小颱風突然在小島西面出現,吹翻了海上的船隻,吹掉了窗台上的花盆,還吹倒了路上的行人。

居民十分生氣,罵小颱風:「你到處搗亂,真過分!」

小颱風看到四周亂七八糟,才知道闖禍了。他不好意思地說:「我不是故意的,對不起!」

「救命啊！」一隻小八爪魚被風吹到樹頂，嚇得發抖大叫。

可是，大樹太高，居民爬不上去。小颱風馬上把手伸長，救了小八爪魚，還帶他回到海裏。

小八爪魚平安回家，八爪魚媽媽對小颱風說：「謝謝你！你的媽媽見不到你會很擔心，你也快些回去吧！」

小颱風點點頭，說：「我知道啦。」

小颱風一邊趕快跑回媽媽身邊，一邊想：原來我隨意走動會對人們的生命和財產造成破壞，我再也不會隨處亂跑了。

文：麥曉帆
圖：步葵

看這兒，看那兒

　　美美有一雙美麗機靈的大眼睛，這雙大眼睛總是骨碌碌地轉來轉去，一會兒看這兒，一會兒看那兒，探索和觀察着這個新奇的、不斷變化的世界。

　　大眼睛們和美美都很喜歡
對方，美美總是帶着大眼睛們到處
去看稀奇的新事物，讓他們的好奇心得到滿足；而大
眼睛們則努力地把看到的東西告訴美美，又幫助美美
閱讀圖畫書、辨認朋友們的臉、砌拼圖等等。
　　他們通力合作，真的是合作無間的好搭檔啊！

不過，最近美美好像和大眼睛們相處得不太好呢！

美美最近喜歡上了看電視，有時看很久都不讓大眼睛們休息一下，弄得他們又乾又累。

美美還常常用髒髒的手揉眼，弄得大眼睛們很不舒服。

最糟的是，美美又不願意定期去檢查眼睛，就連開始有近視了，也不願意去配一副眼鏡……

　　最後，當美美發現自己的眼睛又紅又腫，而且連稍遠一點的字都看不清楚時，才知道自己一直都沒有照顧好大眼睛們呢！於是她跟爸爸媽媽一起去看眼科醫生，學習愛護眼睛的方法。

　　從此之後，美美和大眼睛們再次成為了最好的朋友！

文：麥曉帆
圖：ruru lo cheng

大英雄電電

　　你知道誰是大英雄電電嗎？相信在這個科技發達的年代，沒有人不知道電電的大名，而我們在日常生活中，更缺少不了他呢！

　　「啊！這食物太冷了，怎麼吃下肚子去？」小朋友傑傑喊道。這時電電立即出場！只見他雙手一擊，將220伏特的電流輸送到微波爐裏，微波爐便嗡嗡地把冷冰冰的食物，變得熱騰騰的！

　「啊！這房間太暗了，我怎麼溫習啊！」傑傑又説。
這時電電抬腿一踢，能量又源源不絕地輸送到燈泡裏，把
房間照得非常明亮。

　「啊！今天好熱啊，我快要融化啦！」傑傑投訴道。
這時電電一揮斗篷，冷氣機便「隆隆」地運作起來，將清
涼的冷氣吹向傑傑……

不過，傑傑不太懂得節省電力呢。他有時把冷氣開得太大，冷得反而要穿多一件衣服；他有時在離開房間時也不把電燈關掉，白白地浪費能源；他甚至曾經忘記把雪櫃的門關上，讓食物差點壞掉呢！

　　每逢這些時候，我們的大英雄電電，都會因為能量被過度消耗，令戰鬥力大大減退，這樣子下去，人類很快就會失去電電這個得力伙伴！

幸好，傑傑在媽媽的教導下，知道了現在我們使用的大部分能源，都是來自不可再生的化石燃料，例如煤和石油。

傑傑說：「原來這些能源是有耗盡的一天，我以前太浪費能源了。」

媽媽教傑傑如何節約能源之後，他就開始減少浪費電力，這讓電電迅速回復體力，可以繼續為人類服務了！

文：麥曉帆
圖：步葵

中西美食做朋友

　　從前有一間很大的餐廳，因為太大，出租給了兩位不同的老闆，東邊的老闆售賣中式食物，西邊的老闆售賣西式食物。兩位老闆各自做好本分，相安無事。不過兩間餐廳的食物之間就不太和睦啦。

　　中式食物燒賣仔笑西式食物說：「嘿，你們很奇怪，食物不是煎就是炸，很沉悶呢！看我們，煎炒煮炸不用說，烹飪上至少有十八種製作食物的方法，你們真是比不上！」

　　西式食物薄餅哥不甘示弱，反擊說：「哈哈，你們也夠古怪的，做食物的材料千奇百怪，但調味時卻幾乎只用醬油！看我們，食物材料精挑細選，調味料也有幾十種，比你們高貴得多！」

　　只見中西食物你來我往地吵架，誰也不讓誰。吵架的聲量很大，嚇得西式食物那邊的一個大餐包趕忙要離開，卻一不小心滑倒了。中式食物那邊的一塊叉燒連忙跑出來，幫忙扶起餐包，沒想到，兩種食物一接觸，「噗」的一聲，竟然結合成了一種全新的食物——「叉燒餐包」！

　　兩種食物雖然來自不同的文化，配搭在一起後，卻變得更加美味！中西式食物們這時才知道，他們雖然來自不同的羣體，但也不應該互相作對，而是應該尊重對方、合作無間！

文：麥曉帆

圖：Monkey

夏天為什麼這麼熱？

這個夏天特別熱，每次小雪走出門口，都感到自己快要融化了！電視新聞說今年的夏天是有紀錄以來溫度最高的一年呢！

天氣這麼熱，有什麼消暑方法呢？首先可以吃冰淇淋、果凍，又或者喝透心涼的冷飲；然後，我們可以開啟家中的冷氣機，讓涼爽的風充滿整個房間，真是夏日一樂也！

爸爸對小雪說：「不過，在享受現代科技給我們帶來的好處的時候，我們也要好好想想，為什麼地球氣溫不斷升高呢？」

小雪撓着頭，想來想去也想不出來，便問：「這不是因為太陽伯伯在淘氣嗎？是太陽把地球照得這麼熱的。」

爸爸回答：「不全對呢！太陽的確給我們很多熱力，但在正常情況下，這些熱力很多都會被反射出地球。」

爸爸解釋，人類的一些活動令溫室氣體越來越多，這些溫室氣體把熱力困在地球裏，所以地球氣溫才越來越高。

還有，冷氣機的製冷功能，其實也會製造出溫室氣體，所以我們應該盡量減少使用。如果想保持涼爽，可以改用電風扇、穿淺色短袖衣服、把窗戶打開些等等。

小雪聽了，便把冷氣機關上，改用電風扇，說：「嗯，我們不能只顧自己享受，也要為降低全球氣溫出一分力！」

文：馬翠蘿
圖：藍曉

豬弟弟的疑惑

今天是中秋節，豬爸爸和豬媽媽在廚房裏忙着，準備做一頓豐盛的中秋晚餐。

他們洗呀洗、切呀切，然後就開始做菜了。可是，這時候他們才發現鹽用完了。

媽媽拿了一個小碗，對豬弟弟說：「孩子，請幫我去隔壁猴阿姨家要點鹽吧！」

豬弟弟正在玩遊戲機，聽到媽媽的吩咐，只好放下遊戲機，跑出了家門。

　　豬弟弟把猴阿姨家的門敲得砰砰響，一邊敲一邊大喊：「快開門，快開門呀！」

　　猴阿姨打開大門，有點不高興地問：「什麼事？」

　　豬弟弟把小碗往猴阿姨面前一遞，說：「怎麼慢吞吞的！快快快，快給我點鹽，我急着回家玩遊戲呢！」

　　　　猴阿姨生氣地說：「不給！」然後就把門關上了。

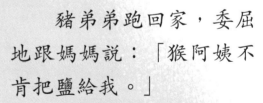

　　　　　豬弟弟跑回家，委屈地跟媽媽說：「猴阿姨不肯把鹽給我。」

　　　　　豬媽媽感到十分奇怪，問：「怎麼會呢？猴阿姨一向很大方，很喜歡幫助別人的。」

豬媽媽叫豬姐姐再去一趟。

豬姐姐跑到猴阿姨家門口，輕輕地敲門，一邊敲一邊喊：「請問猴阿姨在家嗎？」

猴阿姨打開門，笑瞇瞇地問：「什麼事？」

「猴阿姨您好！」豬姐姐接着說，「我家的鹽用完了，爸媽做菜等着用，能給我們一點鹽嗎？」

猴阿姨接過豬姐姐手裏的小碗，說：「可以啊！請你等一下。」

豬姐姐拿着鹽回家了。

豬弟弟感到很奇怪，怎麼自己去要就要不到，姐姐去要就成功了呢？

小朋友，你知道原因嗎？

文：譚麗霞
圖：Alice Ma

我們不是垃圾

聖誕節過後，甜甜把拆禮物剩下的紫緞帶、包裝紙，隨意扔進牆角一個塑膠袋裏。

香港的堆填
區快飽和了

　　紫緞帶見到袋子裏有幾個汽水罐、一些塑膠盒和一堆舊報紙，不禁尖叫起來：「這是垃圾袋！我不是垃圾！」

　　「什麼？這是垃圾袋？我也不是垃圾！」舊報紙打開其中的一頁，讀道：「香港的堆填區快飽和了，人們再不從源頭減廢的話，日後一些郊野公園也要改成堆填區了。」他開始發抖：「我還有很多用處，我不要去堆填區！」

125

　　這時，甜甜的媽媽打開塑膠袋，說：「甜甜，你不是要參加一個環保設計比賽嗎？這是媽媽為你準備好的材料。咦？你拆下的禮物包裝也放在這裏了？」

　　甜甜的臉紅了，說：「我以為這是個垃圾袋，就把它們扔進去了！」

　　媽媽溫柔地說：「讓我們仔細想想，可不可以發揮創意，將廢料循環再造呢？」

　　甜甜想了一會兒，說：「我可以用舊報紙和包裝紙做鮮花與盆栽，用塑膠盒和汽水罐做成花盆與花瓶。」

幾個小時之後，一間色彩繽紛，造型別緻的花店，像是變魔法一樣出現了。

紫緞帶、包裝紙、舊報紙、塑膠盒和汽水罐都鬆了一口氣，並大聲歡呼起來：「我們不是垃圾，是創意滿分的藝術作品！」

甜甜與媽媽也露出了滿意的微笑。

培養孩子一生受用的IB特質故事集 2

作　　者：馬翠蘿　麥曉帆　利倚恩　譚麗霞
繪　　圖：ruru lo cheng，Karen，Spacey Ho，Monkey，HoiLam，Mayo，Alice Ma，
　　　　　Wong Ho Yee， 藍曉，李亞娜，步葵
責任編輯：陳奕祺
美術設計：許鍩琳
出　　版：新雅文化事業有限公司
　　　　　香港英皇道499號北角工業大廈18樓
　　　　　電話：（852）2138 7998
　　　　　傳真：（852）2597 4003
　　　　　網址：http://www.sunya.com.hk
　　　　　電郵：marketing@sunya.com.hk
發　　行：香港聯合書刊物流有限公司
　　　　　香港荃灣德士古道220-248號荃灣工業中心16樓
　　　　　電話：（852）2150 2100
　　　　　傳真：（852）2407 3062
　　　　　電郵：info@suplogistics.com.hk
印　　刷：中華商務彩色印刷有限公司
　　　　　香港新界大埔汀麗路36號
版　　次：二〇二三年九月初版

ISBN: 978-962-08-8251-7